JN172273

となりの猫又ジュリ

金治直美 作
はしもとえつよ 絵

国土社

もくじ

1　ジュリって、なにもの？

春のあったかい風がふいてくる。
鼻先で、やわらかい草や小さな花がゆれる。
庭って気持ちがいいな。
ぼくはコーギーのミックス犬、生まれて四か月だ。
名前はチャルダッシュ。チャルってよばれている。
大きな耳と、うす茶色の、ころころした体がかわいいって、いつもほめられるんだ。
このうちには、きのう、ひっこしてきたばかりだ。前のう

ちでは、せまいケージのなかで、るすばんしていたから、毎日すごくたいくつだった。

ぼくは、ふんふんにおいをかぎながら、庭のたんけんをはじめた。

まず、ハウスをひとまわり。

あるくと、リードが、ぼくのあとからずるずるついてくる。

じゃまだけど、しょうがないか。

ハウスのとなりには、ウッドデッキがある。

階段(かいだん)をあがって、その上をあるきまわって、おりてきて、ウッドデッキの床下(ゆかした)をぬけて、

大きい葉っぱがしげっている木まで、ひとっ走り。
木をぐるっとまわる。
庭のすみの木戸まで行こうとしたら、びんっ！
うしろから、首のリードに引っぱられた。
う、うごけないぞ。なんで？
負けるもんか、と肩に力を入れた
けれど、ぐえっとくるしくなるだけだ。
きゅう〜〜ん、きゅるるる〜ん。
どうしよう、夜にならないと、
ぼくんちのママとパパは、
オシゴトから帰ってこない。

きゅわわ〜〜ん。だれかたすけてえ！

「うるさいなあ、このチビ犬は」

しっぽのほうで声がした。

ふりむくと、猫がいた。

まっ白い猫だ。
ふたつの金色の目が光っている。
こ、こわい。猫って、きらいだ。なにもしていないのに、
シャーッって、おどかしてくるんだもん。
でも、ぼくは、せいいっぱい、耳をぴんと立てていった。
「な、なんだよ、あっち行けよ」
猫の金色のひとみが、まん丸になった。
「へえ、わたしのことが見えるのか。
近ごろの犬にしては、めずらしいな」
なんのことだろ。
その猫は、おもいっきり顔をしかめた。

「チビのアホ犬なのに、やっかいだこと」

「ぼく、チビノアホなんて名前じゃないぞ。チャルダッシュ。チャルっていうんだぞ」

猫は「にゃははは」とわらい、

「やっぱりアホだね。それに、あんたのかいぬしもアホだね。こんなチビを、いきなり庭においていて、出かけちゃうなんて」

アホって、わる口らしいぞ。ぼくは「ううう」とうなってやった。

「おや、おこるのかい？　よーし、アホ犬チャル、ここまでおいでー。わたしをつかまえてみな」

猫の太くて長いしっぽが、ひょいひょい目の前でゆれる。

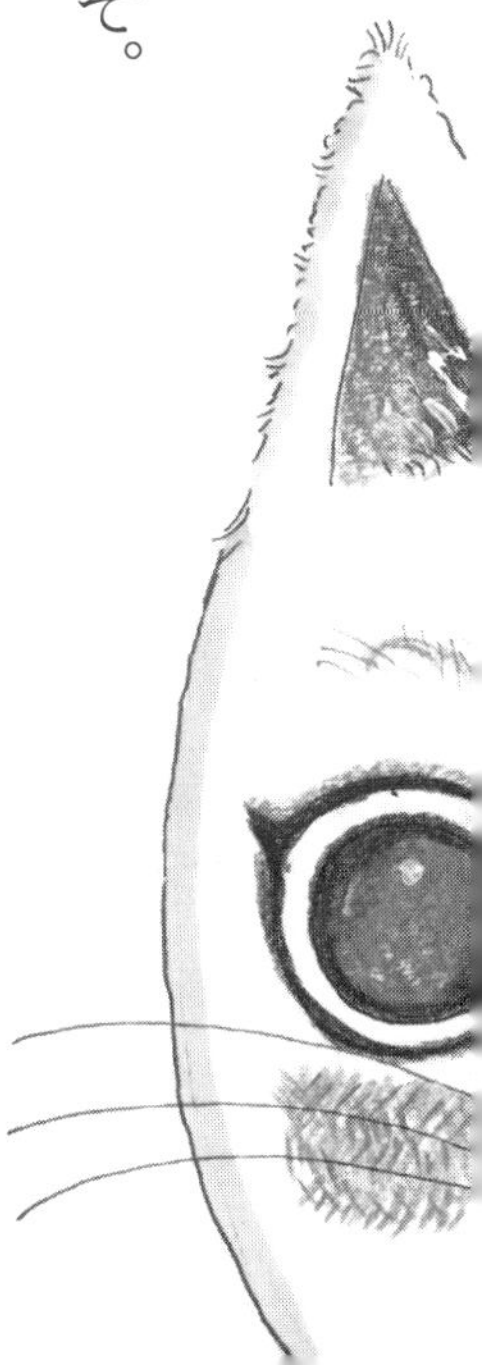

ぼくはそのしっぽを追いかけた。

しっぽは、右へひらり、左へぴょい。

大きい葉っぱの木をぐるっとまわって、ウッドデッキの下を通って、ハウスをひとまわり。

もうちょっとで追いつく、というときに、猫は大きい葉っぱの木にかけあがり、枝からジャンプをして、うちの屋根にあがってしまった。

ずるいよー。うわわわん。

「こら、うるさい！」

猫がにらみつけてきた。

「わたしはジュリ。となりの家にすんでいる」

かきねのむこうに、灰色の屋根の家が見える。

こんなこわい猫が、となりにいるなんて！

「しずかにしないと、むちむちした首に食いつくからね」

猫って、犬を食べちゃったりするの？

ぼくはぶるるっとふるえた。

ジュリという猫は、顔をつんとあげて屋根の上をあるき、すこーんと、でっかいジャンプをして、となりの家の屋根にとびうつった。

ぼくは、となりの家とのさかいのかきねまで、走っていった。ちくちくする葉っぱのあいだに鼻をつっこんで、のぞいてみる。

しめっぽい空気、ほこりのにおい。庭は草ぼうぼう。
低い木が、もじゃもじゃに枝をのばしている。

家はぼくんちよりも大きそうだけれど、ガラス戸にはひびが入り、白くよごれている。

ガラス戸の上のほうに、もうひとつ小さなまどがあって、戸が、ほんの少しあいている。

ジュリが、そこからするりと、家のなかに入っていくのが見えた。

ジュリ、こんなさびしい家にすんでいるの？

そういえば、ママとパパが話していた。となりのうちは空き家で、長いことだれもすんでいないって。

ジュリ、ごはんはどうしているんだろう。だれかに話しかけてもらったり、なでてもらうことも、ないのかな。

ハウスにもどって気がついた。リードに引っぱられないぞ。
そういえば、ジュリを追いかけているときから、すいすい
うごけるようになっていた。なんでかな？

それから何日かたった夜中のこと。
「きゅぃっ！」
小さなひめいが聞こえた。外の道からだ。
シャーッと、自転車が走っていく音。
ハウスから顔を出してみたら、空には半分の月。
どうぶつのにおいがする。
かきねのほうで、きいきいという、うめき声。

かきねへと走った。

このあいだから、庭のなかでは、リードをはずしてもらっていたから、らくちんだ。

かきねのすきまから、小さなどうぶつが、よたよたとあらわれた。ネズミみたいなやつだけど、しっぽがすごくみじかい。

そいつは、ひくひくっと体をふるわせ、口を小さくあけ、ぱたっとうごかなくなった。

「ねえねえ、どうしたの？　ちょっとちょっと！」

その体から、おかしなにおいが、ただよってきた。

今までかいだことのないにおい。胸が、ぎゅっとおされるような、へんな感じ。

さびた空き(あ)カンにたまった水のにおいに、ちょっとだけ、にている。

でも、もっとびっくりしたのは、そいつの首(くび)のうしろから、ぽわんと、ネズミみたいな形(かたち)の、黄色(きいろ)い光(ひかり)が出てきたことだ。

こ、こわい。なにこれ？

その黄色い光のどうぶつは、ぽうっと、ぼくの鼻先(はなさき)までやってきて、さけんだ。

「きーっ、なにこれ、犬？　こっちくるな！」

光が、地面(じめん)のすぐ上を、ひゅうひゅう飛(と)びまわりはじめた。

ぼくは、そのあとを追(お)いかけた。

こわいのに、あいてがにげると、つい追いかけちゃうんだ。

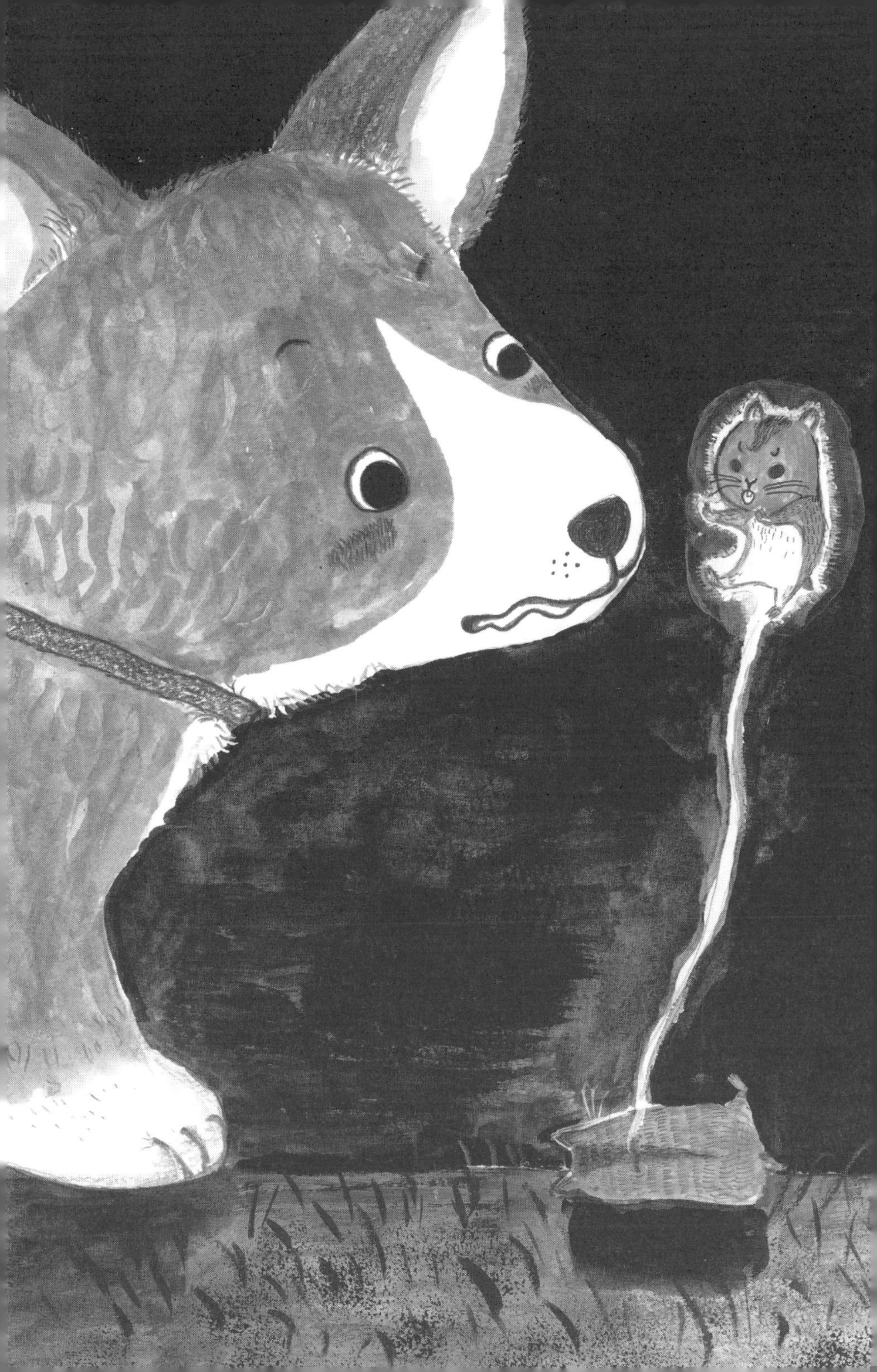

ガサッと、むこうのかきねで、葉(は)っぱのこすれる音がした。

ジュリがかけてきた。

光(ひかり)のどうぶつが、ひめいをあげた。

「きーっ、猫(ねこ)！　こっちくるな！」

ジュリがさけんだ。

「こら、止まれ！　あんたはハムスターのホッシーだろ？

むかいの家の」

光るどうぶつは、ぴたりと止まった。

「おいらのこと、知ってるのかい？　おいら、なぜここにいるのかな？　うちのなかを、あるきまわっていたら、まどがあいていたんで、外へ出て……それからどうしたのかな？」

「あんた、自転車にはねられたんだよ。それで……死んだ。気のどくだが。体はそこ」

ジュリがホッシーの体を、前足でしめした。

「これがおいらの体？　そんなあ！　うそうそうそ！　こうしちゃいられない、体にもどらなくちゃ」

ホッシーは、自分の体の小さな口から、もぐりこもうとした。

けれども、体がふわふわ浮きあがって、どうしても入ることができない。

いきおいをつけて、空中から体当たりをしたら、ぽーんと、自分の体に、はじきかえされてしまった。

「なんだこの体！　えいっえいっ」
なんど体当たりしても、ぽんぽんぽん。
「むりだよ。その体には、もう入れないったら」
ジュリがきっぱりといった。
「なんてこったい。おいらの体なのに。
きゅううう～。ああ、残念！
ああ、無念。ああ、ああ、無情」
「へえ、あんた、むずかしいことばを
知ってるね」
ジュリがふーんとうなずき、
「なげく気持ちはわかるけどさ。早いところ

空の国へ行きな。いそがないと行きそびれるよ」

「いやだあ！　おいらは家に帰らねば。まゆちゃんやママが心配(しんぱい)する。おいらが本だなのうしろに落(お)ちたとき、さがしまわって、大そうどうだったんだ」

「そうか……あんたはかいぬしから、かわいがられていたんだね」

「もちろんさ！」

ホッシーは胸(むね)をはった。

「こら、おいらの体！　起(お)きろ！　うちへ帰るよ」

ホッシーが、光る前足で、体をつかんで立たせようとした。

けれどもその前足は、やっぱり、ぱちっと体にはじかれてしまう。

「だめか……」

ホッシーが小さな前足で鼻先をおおい、ぴいい、ぴいいと泣き出した。

ジュリが、ためいきをついていった。

「体を家にもどせばいいんだね。しかたない、チャル、くわえてはこんでやって」

え？　えええっ？　ぼくが？

ホッシーが、きーっとさけんだ。

「やめてくれ！　犬の口なんてまっぴらだい。食うつもりだろ？」

「食べないよっ」

ぼくは、べーっと舌を出した。

「ああ、もう、死んだやつには勝てないな。わたしがうごかすしかないか」

ジュリが木戸へむかう。

「ここをあけよう。かきねのすきまじゃせまいから」

ジュリがひゅっと、しっぽをふりあげた。

しっぽが、はらりと二本にわかれた。

え？　えええっ？　なんで二本あるの？

ジュリが、そのしっぽをしゃっとふると、木戸のかけがねが、カシャンとはねあがった。戸がキイイとあいた。

「ホッシー、体からはなれてて」

ジュリはひょいと、後ろ足で立ちあがった。

前足が、手まねきするように、くいくいうごくと、ホッシーの体が、ひょこっと起きあがった。

「うわわっ、おいらが起きた」

光のホッシーが、ぐるぐる飛びまわる。

ホッシーの小さな足が、ちょこちょこうごいて木戸へむかう。

ジュリの前足がくいくいうごき、背中では、二本のしっぽがくねくねゆれる。

ジュリが、死んだホッシーの体を、うごかしている！

「がんばれ、おいらの体！」

光のホッシーがさけぶ。

ぼくはぽかんと口をあけたまま、ジュリのあとをついていった。

ホッシーの体とジュリは、木戸をぬけて道路に出た。

ジュリは前足をくいくい、二本のしっぽをくねくねうごかしながら、むかいの家の庭に入っていく。

ドアの近くの花だんまですすみ、仕切りのレンガの上に、ホッシーの体をおいた。

前足をおろし、ぐいんとのびをしてから、ジュリはホッシーにいった。

「さあ、ここでいいだろ？　朝になったら人間が出てきて、あんたを見つけてくれるよ」

「あ、ああ、うん」

ホッシーが、くしゅんと鼻をならして、うなずいた。

「じゃ、ホッシー、今すぐ空の国へ行くんだ。高く飛びあがってごらん」

「えっ！　今すぐ？　まゆちゃんとママに、会ってからでいいだろ？」

「だめ、今すぐ。でないと道がなくなる」

「でも、おいら、まだここにいたいんだ！」

「あきらめるんだよ」

ジュリの声は、いつもよりずっとやさしかった。

「あんたのうちの人間は、いいかいぬしだったんだね。それはすごく幸せなことだよ。その幸せな気持ちをいっぱいかかえて、旅立つんだよ。

あのね、空の国にはね、ハムスターのための門があるよ。そこで、あんたの親やきょうだいが、出むかえてくれるよ」

「そんな門があるのか。それはいいな。かあちゃんに会えるのか」

光のホッシーが、ちょっとだけわらって、ぷるぷるゆれた。

そのとたん、ホッシーは、ぴゅるるっと、空高く浮きあがった。見えない手に、つまみあげられるように。

「あっ！　あれあれあれ……。おいらはやっぱり、行かなく

ちゃならないみたいだ。おーい、せわになっ……」

ホッシーの声がとちゅうで消えた。

光のホッシーは、丸い黄色い玉にすがたを変えていた。

玉はどんどん高く昇っていく。

やがて小さな星みたいになり、すぐに見えなくなった。


ぼくとジュリは、しずかにぼくんちの庭へもどった。

「空の国って遠いの？」

ぼくがそうきくと、ジュリは、首をふった。

「死んだばかりなら、ひとっ飛びだよ」

ジュリはぐいんとのびをして、満足そうにいった。

「うん、よくやった、わたし！」

それから二本のしっぽをふって、木戸のかけがねをかけなおし、もういちど、しっぽをしゅっと、大きくふった。

しっぽは一本にもどった。

「あ！　そのしっぽ！　なんで？　なんで二本になったの？　なんでホッシーの体を、うごかしたりできるの？」

ジュリは、めんどうくさそうな声でいった。

「ああ……。わたしは猫又だからさ。しっぽが二本にわかれているのが、猫又のしるし」

「ネコマタ？　それなに？」

「特別な力をつけた、強い強い猫ってこと！」

「とくべつな力って、どうやってつけたの？」

「うるさいなあ。とほうもなく長生きをして、身につけたんだ。さあ、もういいだろ。子どもはさっさとねる！」

ジュリが背をむけた。それからふりむいて、

「チャル、あんたは〈見える〉犬なんだ。わたしのことも見えるし、ホッシーの黄色い魂も見えた」

「え？　ふつうは見えないの？」

「うん。見えるやつは、あんまりおおくはないさ。チャルはこれから先も、ほかのやつには見えないものを、見ることがあるだろうね。やっかいだが、しかたがないさ。まあ、気をつけるんだよ」

気をつけるって、どうしたらいいの？

そう聞こうとしたけれど、ジュリは、さっさとかきねをくぐって、帰っていった。

2　背中にガイコツ犬

ドッグラン、ドッグラン、らんらんらん。

ドッグラン、ドッグラン、らんららん。

たのしかったな、ドッグらんらん。

ドッグランからの帰り道だった。

朝早く、パパにドッグランに、つれていってもらったんだ。

ドッグランは、犬ならだれでも、広い囲いの中を、リードなしで、おもいっきり走りまわれるところだ。

ぼくんちの近くの、小さなふるい家の前まできたときだ。

その家は、人間(にんげん)のにおいがしなくて、草ぼうぼうで、ゴミがいっぱい投(な)げこまれている。

あの、胸(むね)を、ぎゅっとおされるような、においがしてきた。

ホッシーが出てきたときと同じ、でもそれよりずっと強い。

どかんと、急(きゅう)に体が重(おも)くなった。

なにかが背中にのってきた?

よろけて、ぺたんとすわりこんでしまった。

「おい、どうしたチャル?」

パパがリードを引っぱった。がんばって立ちあがったけれど、どうしてもあるけない。

気持ちがわるい、目の前が暗い。

きゅうう、とうめき声をあげるのが、せいいっぱいだ。

「くたびれちゃったんだな。いっぱい走ったから」

ちがうよ、体が重いの。たすけてよう。

そういったけれど、パパにはわからない。だっこしてもらって、なんとか家にもどり、ハウスの前にへたりこんだ。

そのうちに、パパもママもオシゴトに行っちゃったらしく、家のなかがしずかになった。

早く帰ってきてよう、重たいよう、息がくるしいよう。

「ドッグラン……」

とつぜん、ぼくの背中で声がした。木の葉が風にガサガサなるような、かわいた声だ。

首（くび）を、せいいっぱいかたむけてみたら——背中に、大きな犬のガイコツが、しがみついていた。

ぎゃん！　こ、こわい。ぼくって、〈見える〉だけじゃなくて、〈しがみつかれる〉犬？　いやだよう。

ありったけの大声で泣（な）いた。だれかたすけてえ！

きゅわわっわーん。

白いかたまりが走りこんできた。

ああ、ジュリがきてくれた……。

「あんたはまた！　はなれなさい！」

ジュリがぼくの背中にむかって、シャーッと息をはいた。

すると背中で、カサカサした声が聞こえた。

「ねえさん、猫又のねえさんだね。かんにんしてよ」

ガイコツ犬だ。ジュリのことを知っているんだ。

「ねえさん、あたしはね、好きでこうしているんじゃないんだよ。だってね、こうでもしなくちゃ、どこにも行けないんだから。若い元気な犬の背中を借りなくちゃ、うごけないんだから。知っているでしょ」

「な、なんでうごけないの？」

ぼくがそう聞くと、ガイコツ犬は、「うあうー」と悲しそうにほえた。

「ぼうや、聞いてくれるんだね。あったかい背中のぼうや。

あたしはね、せまい裏庭に、つながれっぱなしでね、さんぽにつれていってもらったことが、ないんだよ。そしてね、年とって病気になって、ひとりぼっちで死んでしまったの。

それであたしは今も、あの庭からうごけないの。猫又のねえさんは、知っているでしょ？」

そんなひどい目にあったのか。

「ねえさんは、あたしの気持ち、わかってくれるでしょ、だって、ねえさんも、つらい目にあったもの、かいぬしに置き去りにされたんだもの。そうでしょそうでしょ。だったらあたしの気持ち……」

えっ！　ジュリ、かいぬしさんに、置き去りにされたの？

「うるさい！　よけいなことをいうんじゃない」

ジュリがまた、シャーッと息をはいた。

ガイコツ犬の声が止まった。でもまたすぐに聞こえてきた。

「わかってくれるでしょ。このぼうやの背中を借りるくらい、いいでしょいいでしょ」

「よくないさ！」

ジュリがどなり、ぼくにむかって顔をしかめた。

「たしかにこの犬はね、かいぬしからかまってもらえず、病気になってもせわしてもらえず、死んだんだ。そして、その家の裏庭に埋められた。ずいぶん前の話さ」

ガイコツ犬は、死んだあと、空の国に、行きそびれたのだそうだ。

さびしく死んだそのタマシイは、まだその家からうごけない。それでときどき、通りかかった犬の背中にのって、さんぽに出るんだって。

ジュリが、はあ〜と、息をはいた。

「たまーに、このあたりの犬が、ひどいひめいをあげる。行ってみると、この犬のしわざさ。のりかかられた犬が、泣きさけんでいるんだ。

しかたなく、わたしがそのガイコツ犬のしっぽをくわえて、背中から引きはがして、家まで引きずっていく。ああ、もうえらい苦労するよ」

チャル

「自分ではうごけないなんて、不便だねえ」

ぼくは、つい、そうつぶやいてしまった。

とたんに、ガイコツ犬が、もっと強くしがみついてきた。く、くるしい。

「ああ、うれしいよ、うれしいよ、あったかい背中のぼうや、わかってくれるんだねえ」

「あーあ、チャル、あいかわらずアホだねえ」

ジュリが首をふり、それからガイコツ犬にいった。

「あんた、もしかして、うごけないと、思いこんでいるだけじゃないの？　どこか行きたいところがあるなら、そこを思いうかべてごらん。うごけるかもしれないよ」

ガイコツ犬は、カタカタ首をふった。

「むりむりむり。だって、どこも行ったことないもの、行きたいところなんて、見つからない。あたしはせまい裏庭(うらにわ)しか……」

「あー、わかったわかった。しかたない、また、わたしがあの家まで、引きずっていくしかないか。でも、こんな朝のうちじゃ、力が半分も出ない。こまったな。ほっといたら、このチビ犬は、体が弱ってしまう……」

ぶるるっ。いやだよう。

ふっと、さっき、ガイコツ犬が、つぶやいたことばを思い出した。

「ねえ、ドッグランに行きたいんじゃないの?」

ガイコツ犬の前足が、ちょっとゆるんだ。

「ああ、ドッグラン。ぼうやのさっきの歌だね。『ドッグらんらん』って、たのしそうだよねぇ。いいねぇいいねぇ。だけどあたしは知らないんだよ、ドッグランてなにかね?」

「あのね、すごくたのしくて、気持ちのいいところだよ」

ぼくは、ドッグランのことを教えてあげた。

ガイコツ犬は、ひゅうひゅう声をあげた。

「ああ、ああ、いいねぇ、行ってみたいねぇ。けど思いうかべるなんてできない、だって行ったことないもの。いちどだって、そんないいとこ、つれていってもらったことないもの」

ガイコツ犬の四本の足の骨が、またまたがしっと、おなかをしめつけてきた。

「ねえ、ぼうや、そこへつれていっておくれよつれていってくれよつれていっておくれよ」

え〜〜〜っ！

「そうだ、チャル。そうしてやって。このでかい体を引きずっていくのは、もうごめんだ」

ジュリがしっぽをふった。しっぽが二本にわかれ、木戸のかけがねがはずれた。

「さあ、チャル、立ちあがって」

「わぉえ〜〜?!　いやだよう。重たいよう」

きゃん。いたた。

ジュリがぼくの頭に、猫パンチをくらわせた。

「じゃ、一生、このガイコツをしょっているかい？」

しかたがない。うーん、よーいしょっと、立ちあがった。

「お、重いよー」

よろよろと足をうごかし、木戸をぬけ、一ぽずつあるいた。

「ガイコツ犬はもう、体がないんだから、重いはずないんだ。この犬の悲しみやら怒りやうらみが、重くかたまっているんだろうな。がまんしてあるいてやんなよ。ときどき、持ちあげてやるからさ」

ジュリが後ろ足で立ちあがり、前足を、くいっくいっと、

うごかす。そのたびに、背中がふいっと軽くなる。

「あれ、わんちゃん、ひとり？　のらさんじゃないね、首輪してる。なんだかよろよろしてるね。ぐあいがわるいの？」

どこかのおばさんが、ぼくに話しかけてくる。

ガイコツ犬もジュリのことも、見えていないらしい。

やっぱり、ぼくだけが〈見える〉のか。いやだよう。

ぼくは、よいしょ、よいしょと、あるきつづけた。

しばらくあるくごとに、ジュリがちょい、ちょいと、ガイコツ犬を持ちあげてくれた。

ガイコツ犬が、カサカサといった。

「ねえ、ぼうや、さっきのやつを歌っておくれ。歌を聞けば、元気が出るかもしれない」

「さっきのやつって？　ドッグらんらん？」

「そうそう、それ」

ぼくはふうふういいながら、やけっぱちで、さっきのでたらめ歌を歌った。

「ドッグラン、ドッグラン、らんらんらん、ドッグラン、ドッグラン、らんらんらん　たのしかったな、ドッグらんらん」

ガイコツ犬は、風がうなるみたいな声で、いっしょに歌い出した。

「ドッグラン、ドッグラン、らんらんらん……」

あれ、だんだん背中が軽くなってきた。

歌うと、しがみついている力が、ゆるむらしい。

クルマがいっぱい走ってくる、大きな道路をわたるときには、ジュリが道ばたの木にかけあがり、「よーし、信号、青だ、行けー」と教えてくれた。

見えてきた。運動公園のとなりが、ドッグランだ。

わはう〜、ついたあ。

入り口には木戸があるけれど、前足をかけて力いっぱいおせば、入れる。

ジュリは、「あ〜、やだやだ、犬くさい」といって、

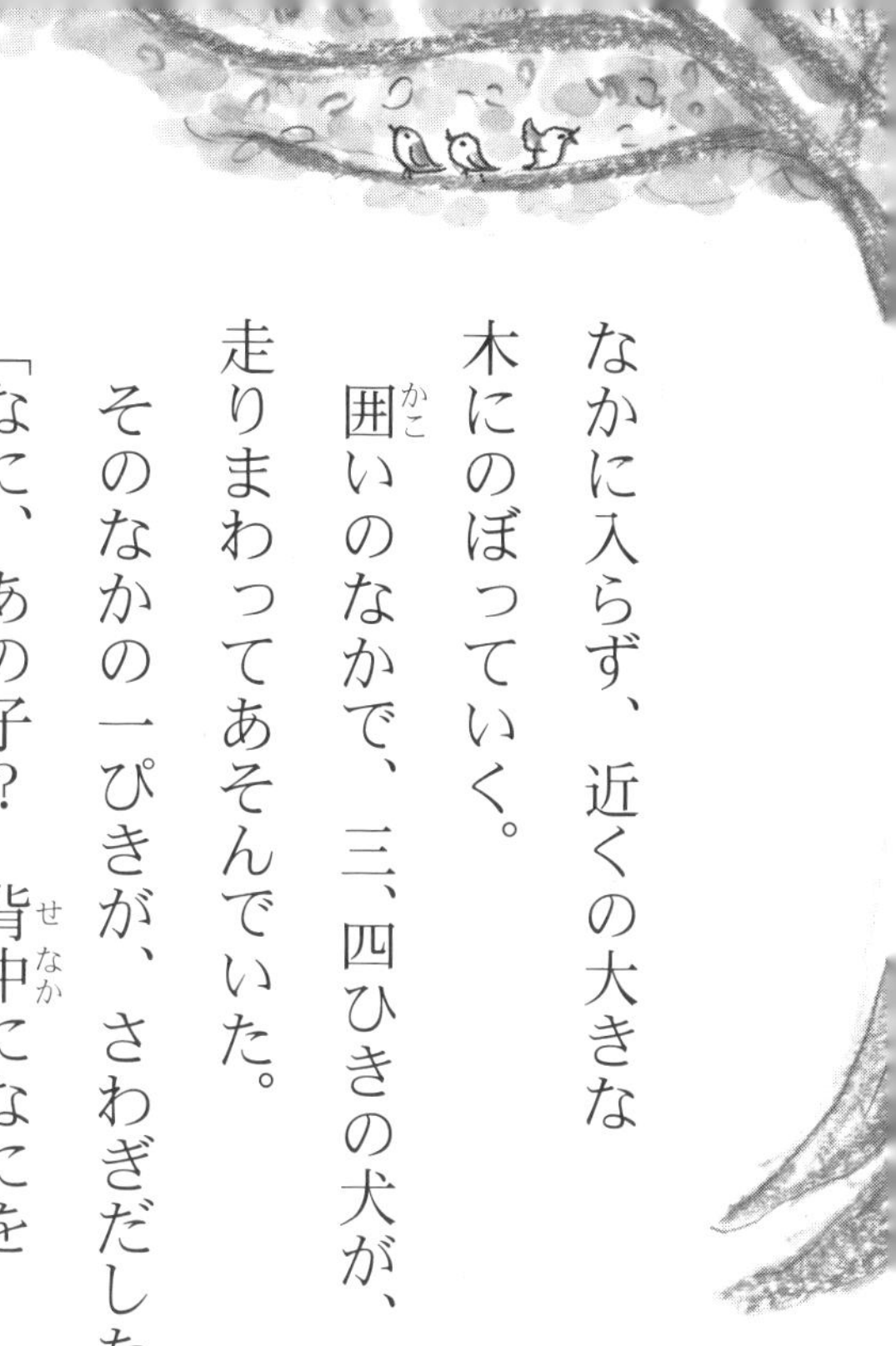

　なかに入らず、近くの大きな木にのぼっていく。
　囲いのなかで、三、四ひきの犬が、走りまわってあそんでいた。
　そのなかの一ぴきが、さわぎだした。
「なに、あの子？　背中になにをくっつけているの？　おそろしい」
　その犬は、ひめいをあげて、かいぬしのいるベンチへ、かけもどっていく。
　へえ、〈見える〉犬もいるんだな。

ほかの犬たちは、それをふしぎそうに横目で見ながら、走っている。

「ほら、ついたよ、ドッグラン。おりてよ」

「こわいこわいこわい」

がしっと、ガイコツ犬がしがみついてきた。なんでだよ！

「だってあたしは、こんな広いところ、きたことない、あるいたことない、走ったこともない」

木の上から、ジュリの声。

「しょうがないねえ。チャル、そのままちょっと、ひとまわりしてやりな」

うえー。ぼくはもう、くたくただったけど、ガイコツ犬をのせたまま、のこのこと広場をあるきはじめた。

ひとまわりすると、体が軽くなってきた。

「ああー、いいねえ、いい気持ちだねえ」

ガイコツ犬の、ひゅうひゅうとうれしそうな声。

二周目には、ふつうに走れるようになった。

とっとっとっ、だんだんはやくなっていく。

三周目になったころ、カシャンと音がして、背中がぱっと軽くなった。

ふりむくと、ガイコツ犬はぼくの背中からおりて、よたよたと、でも、ひとりでちゃんと走っていた。

すぐにぼくを追いこしていく。

体が大きく足が長いから、はやい、はやい。
そのうちに、タッタッタッという、
力強い足音に変わった。
ぼくは目をぱちぱちさせた。
ガイコツ犬の白い骨が、
頭からしっぽへと、さわさわと
毛皮に包まれていく。
ガイコツ犬は、
やせっぽちだけれど、
ぼくの二倍くらい大きい、
茶色の犬になっていた。

目をきらきらさせて、
しっぽをなびかせ、
びゅんびゅん
広場をかけていく。
「ドッグラン　ドッグラン
らんらんらん……」
ガイコツ犬が歌いながら
走っている。
ぼくはガイコツ犬を追いかけた。
わう！
たのしくなってきた。

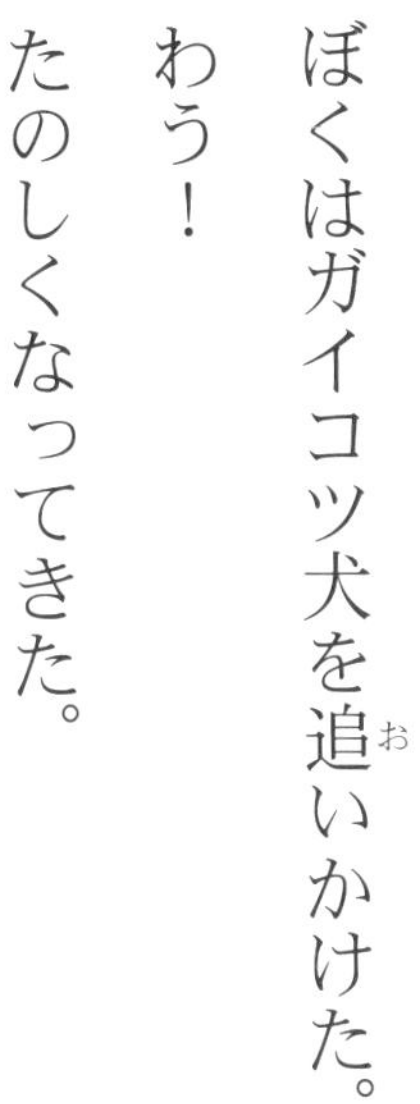

ガイコツ犬が、スピードをゆるめてぼくをふりむいた。

「ねえ、ぼうや、きいて。あたしの名前はサクラ！　思い出したよ、自分の名前。すごく小さいころ、サクランランって、よばれたことがあったっけ」

「サクラ！　走って！　どんどん走って」

木の上から、ジュリがさけんだ。

「ねえさん！　うれしいよ、もう一回よんで」

「サクラ！　サクランラン！　走って！　もっとはやく！

サクランラン！」

サクラは、スピードをあげた。

「サクラ！　飛んで！」

茶色い犬が、空におどりあがった。

うわっ、サクラが空に浮かんだまま、走っている。

「サクランラン！　走れ！」

サクラが青い空をかけていく。太陽の光がまぶしい。

サクラの体のなかに白い雲が見える。体がほわほわ、うすくなっているらしい。

そのうちに、犬の形がくずれて、茶色い丸い玉になった。

その玉も、やがて空にとけて見えなくなった。

ぼくは立ち止まって、はあはあしながら見送った。

ジュリが木の上からかけおりてきた。

しっぽは一本にもどっている。

「さあ、帰るよ。人間なしで、あんたがこんなとこにいたら、めんどうなことになるからね」

いそいで、ドッグランのとびらをおして、外に出た。

家にかけもどって、たっぷり水を飲んで、ふうー。

こてん、とハウスの前にたおれこんだ。

「くたびれた？」

ジュリの声がした。

目をあけると、ジュリが前足で顔をこすっていた。

「うん、くたびれた」

ぼくは前足の上にあごをのせた。

「ジュリ、サクラは、空の国に行けたの？」

ジュリはうなずいた。

「空の道が、開けたようだな」

「空の国に、犬の門もある？」

「うん。あるよ。だいじょうぶ」

ジュリは、ぐいーんと大きなのびをしながら、満足そうにいった。

「よくやった、わたし！」

3 雨の日の死霊(しりょう)

雨の日がつづく。もわーんと暑(あつ)い。ツユに入ったんだって。
もうすぐ、ナツってやつがくるらしい。どんな強いやつだろう。
ようやく雨がやんだ晩(ばん)のことだ。鼻(はな)の先(さき)がぴりぴり熱(あつ)くて、
目をさました。
ハウスから出て、鼻を冷(つめ)たい草にこすりつけてみたけれど、
おさまらない。
そういえば、今までも、鼻がぴりぴりして、目をさました
ことがあったかも。

庭は、白っぽい、ふしぎな色になっていた。
空にはまん丸の大きい月。
そこから銀色の光が、
さらさらおりてくる。
となりの家の屋根に、
ジュリがいた。
二本のしっぽが、
くねくねうごいている。
体中の毛が逆立って
いるのか、ふくふくと大きく
ふくらんで、銀色に光っている。

なにしているんだろ。

昼間、ジュリがふらっとやってきたときに、おもいきって聞いてみた。

「ああ……見てたのか。あれはごはんを食べていたんだ」

「ごはん？　え？　え？　屋根の上で？」

「月の光を浴びるのが、わたしのごはんなんだ」

「じゃ、ふつうのごはんは食べないの？」

「そんなもの、食べなくてもいいんだよ。月の光で生きていける、それが猫又の力ってもんさ」

わからなくなってきた。なにも食べないのなら――。

「あのあの、でもでも、ジュリって生きているんだよね？

それとも、し、し、し……」

「死んでいるのかって？」

ジュリは、ふんと横をむいた。

「わたしは、まだ死んじゃいない。でも、この体は生身ではないらしい」

「ナマミ？　それって、どういうこと？」

「チャルにはわからないさ。自分でもわからないもの。生きているのか死んでいるのか。

まあ、そんなどっちつかずだから、ホッシーやらサクラやら、空の国に行きはぐれているやつの、役に立てるんだろうね」

ジュリはこれまでも、いろんなどうぶつのタマシイを、空の国に送り出してきたのかな？

猫又って、それがオシゴトなんだろうか。

ぼくがそうたずねると、ジュリは、ふきげんな声になった。

「猫又の仕事？　そういうわけじゃないさ。たまたまだよ」

どうぶつたちのくるしむ声が聞こえ、魂が見えてしまうんだもの。しかたがないじゃないか。

ジュリはぽつぽつと、そう話した。

「それに、世の中にはサクラみたいに、人間のせいで、つらい思いをしたどうぶつも、たくさんいるし」

ぼくは、サクラがいったことを思い出した。

ジュリはかいぬしさんに、置き去りにされた——？
ほんとうなのかな？
でも、それを聞いてみる勇気はなかった。
また雨が落ちてきた。ぼくたちは
ウッドデッキの下で、雨やどりをした。
暗い空を見あげながら、
ジュリがぽつりといった。
「わたしは、空の国へ
行けるのかなあ……」
どきっとした。ジュリは、
空の国へ行きたいのかな？

ジュリが行っちゃったら、どうしよう。
そのとき、急に、いやーなにおいがながれてきた。
大きらいな玉ねぎ、しかもくさったやつを、鼻にべちゃっと、おしつけられたみたい。
ぼくは、げはっ、げはっと、息をはきだした。
「しずかにして！ しっぽをしっかり巻きつけて、耳をぺたんとねかせて！」
いわれなくてもぼくの耳がぺたんとなり、しっぽがおしりに巻きついた。
こわいものがやってきたらしい。
重くるしい気配が近づいてくる。

「そうそう、じっとして、うごくんじゃない。そのへんの石ころになったつもりでいな」

ちらっと顔をあげたら、かきねのむこうから、まっ黒いもやもやしたものが、二本足であるいてくるのが見えた。

「おうおうおう」

その黒いやつが泣きさけんでいる。なんていやな声だろ。

「ひゅううん」とひめいをあげかけたら、

「だまって！　目をつぶって！」

ジュリの猫パンチが、目のあたりに飛んできた。

「見てたらあいつに気づかれるぞ」

ジュリもしっぽを巻きつけて、顔をそむけているらしい。

「おうおうおう」

そいつは、のろのろとあるいていった。ぼくとジュリは、においが消えるまで、うずくまっていた。

やがて、ジュリが顔をあげてのびをした。ぼくも、ぱふっと息をついた。

「ふう〜っ！　あれはなに？」

「あれは、人間の死霊。『迷い魂』さ」

死んだあと、空に昇る道を見うしなって、さまよっているタマシイなんだって。

「こういう雨の日には、わりと出くわすんだよ」

ジュリはうんざりした声でいった。

おう
おう
おう

「あれを、たすけて空へ行かせてやるって、できないの？」

ジュリは「ごめんだよ！」と首をふった。

ああいうタマシイは、長いことさまよっていたために、自分がだれなのか、どんなふうに生きていたのかを、すっかりわすれているんだって。

けれども、生きていたときに感じたくるしさや、うらみだけは、消えることがない……。

「そんなやつに近づいたら、くるしみや、うらみなんかのわるい『気』を、ぶつけられるだけだよ。それでなくても、人間の魂って重たいんだ」

ジュリでもどうにもならないなんて！

ジュリは、それからじっと、なにか考えこんでいたけれど、

「がんばろう、わたし」

と、つぶやいて帰っていった。

ジュリ、なにをがんばるのかな？

つぎの日のことだ。
「チャル、ただいま！」
ママの声！
昼(ひる)ねをしていたぼくは、わんわんわんわん、
ハウスから飛(と)び出て、くるんくるんしっぽをふった。
ぼくのしっぽは、うれしいと、くるんくるんまわる。

けれども、あれれ？　ママなんて、どこにもいない。

そこにいたのは、ジュリだった。

ジュリって、人間のことばを話せるんだ！　なんでだか、
ぼくのおしりをじっと見ている。

びっくりして、しっぽを止めた。

そしたら、ジュリにおしりをはたかれた。

「やめないで！　ちゃんとしっぽをふって」

「なんで？　ママじゃないのに？」

「いいから、ふって！　かむぞ」

しかたなく、くるんくるん、しっぽをまわしつづけた。

ジュリは、ぼくのおしりをじっくりながめて、つぶやいた。

「うーん。たしかに回転している。しっぽのつけねが、やわらかいってことか。これだけぐるぐるさせれば、推進力がつくな。うん。体のやわらかさでは、犬なんかに負けるはずがないんだから……」

ジュリはそうぶつぶついいながら、かきねのむこうへもどっていった。

なんのことだろ？　ジュリって、いっつもなんにも教えてくれないんだ。

かきねのすきまから、そっとのぞいてみた。

ジュリが庭のすみの、かたむいたベンチの上にいた。しっぽが二本にわかれている。それをくねくね左右にふっている。

そのうちに、くるん。
しっぽがひとまわりした。
くるんくるん、くるくるくる。
二本のしっぽが、追いかけっこ
しているみたいにまわっている。
ぼくの目がまわりそうだ。
なんのために、こんなことをするのかな？

わからないことは、ほかにもあった。
ママが、ホットケーキを焼(や)いてくれたときのこと。
ホットケーキは、大好(だいす)きなおやつだ。
早く冷(さ)めないかな。
熱(あつ)いお皿(さら)の前で、じりじり足ぶみしていたら、
「おあずけ！」
人間(にんげん)の声だ。えっ、だれ？　きょろきょろしていたら、ジ
ユリがあらわれた。まただまされた。
ホットケーキのにおいを、ふんふんかいでいる。
「えーっ、食べちゃだめ、ぼくのだよ！」
ぷひゅうと鼻(はな)をならしたら、

「うるさい！　食べないさ。ちょっとまちな」

すっかり、ホットケーキが冷（つめ）たくなったころ、

「うーん、いいにおいだった」

ジュリがようやく顔をあげ、かきねのほうへもどっていく。

「あ、あのあの……きゅううん、ひゅううん」

ぼくがよびとめると、ジュリがふりむいて、

「あ、そうだったね。よーし、食べてよし！」

ぼくはホットケーキにかぶりついた。

「犬って、やっぱりアホだねえ」

ジュリがにゃあとわらう。

ホットケーキをばくんと飲（の）みこんで、首をかしげた。

いつも味（あじ）がちがう？　あまーいバターや卵（たまご）のにおいが、うすくなっている？

ジュリがすいこんで、においが、なくなっちゃったのかもしれない。

ジュリはそれからも、ふつうのごはんのときにも、やってくるようになった。

「おあずけ！」

いつもそうやってぼくをおしのけて、ごはんのにおいをかいでいく。そのあとは、やっぱりにおいがへって、ごはんがおいしくなくなる気がする。

頭にきて、ある日ついにいってやった。

「なんでいつも、においをかぐの?!　月の光だけで生きていけるっていったじゃないか」

ジュリはふふんとわらった。

「そりゃ、いいにおいだからさ」

え？　それだけ？

「まあ、犬のごはんなんて、たいしていいもんじゃない。あ、ホットケーキはべつだけど。でも、お皿じゅうに、カワイイカワイイが、まぶしてあるのがわかるんだ」

「なーに？　カワイイカワイイって？」

「かいぬしが、あんたをかわいいと思う気持ちだよ。ごはんのにおいといっしょに、それをすいこんでいるんだ」

「なんで？　なんでそんなこと、するの？」

「それは……昔のことを思い出すためさ」

ぼくは首をかしげた。

「……わたしだって、昔むかしは、カワイイカワイイのごはんを食べていたんだ。あんたのごはんに負けないくらいにね。ホットケーキも、焼いてもらったことがあるよ。あまいバターのにおい、なつかしいなあ」

それって、かいぬしさんのことだよね？

ジュリも、カワイイカワイイって、いわれていたんだ。

その人が、ジュリを置き去りにした——？

ジュリは空を見あげて、ぽつりといった。

「いい思い出には、強い力があるんだよ。今、その思い出をあつめて、力をたくわえているところさ。たぶん、もうすぐ、その力をつかう日がくるから」

それって、どんな力なのかな？

「それまでは、あんたのごはんの、においをかぎにくるからね。もんくあるかい？」

「……ない」

さっぱりわからないけど、しっぽをさげるしかない。

「そうだ、チャル、今のうちにいっておくよ。近いうちに、また人間（にんげん）の魂（たましい）がやってくる」

「えっ、また、こわいものがくるの？」

「あ、いや、この前みたいなのとはちがう。こわくないさ。でも、少しはこわいかもしれない」

「どっちなの？」

「どっちでもいいだろ！」

ジュリは、その「こわくないけれどこわいもの」がきたとしても、ぼくのうちではなく、ジュリのうちにやってくる、といった。

「だから、あんたは心配しないで、じっとしているんだよ。なにが起きてもさわぐんじゃないよ。さわいだりしたら、ガブリ、だからね」

4　ジュリ、空へ

何日かあとの晩。またぴりぴりぴりと、鼻が熱くなった。

ハウスから出てみたら、ちょっとゆがんでいるけれど、空に大きな月が昇っている。

月が見えたのは、ひさしぶりだ。

ジュリが、気持ちよさそうに、屋根の上で光を浴びている。

「こわくないけれどこわいもの」は、どうなっただろう。

そいつがきたら、ジュリはどうするのかな。おっぱらうのかな？　ケンカになったらどうしよう。

そのときふわっと、あの、胸がぎゅっとおされるような、においがした。さびた空きカンにたまった水みたいなにおい。

ジュリが、さーっと屋根から飛びおりた。

道のむこうから、ぼんやりしたものがあるいてくる。

きた……。人間のタマシイだ。

でもそれは、この前に見た、すごくくさいやつとは、ぜんぜんちがっていた。うす紫色で、軽くてひらひらしている。

タマシイは、ジュリの家の門のなかへ入っていく。

どきどきしてきた。ジュリ、だいじょうぶかな？

木戸へ走っていき、かけがねを見あげた。

そうだ、上へ持ちあげればいいんだ。

鼻先でかけがねをはねあげたら、木戸があいた。

道へ出て、ジュリの家の門から、そっとなかへ入ってみた。

おどろいた。今までと、ちがううちみたいだ。

もじゃもじゃに枝がのびていた木は、ほっそりときれいになり、ぼうぼうの草は切りそろえられて、毛布みたい。

花だんで大きな花がゆれている。

ほこりだらけのガラス戸は、ひびも消えてぴっかぴか。

家のなかからみかん色の灯りがもれ、カーテンがゆれている。人間たちのわらい声が、聞こえてきそうだ。

タマシイは、庭のまんなかに立っていた。

うす紫色のもやは、するするとかたまって、ふっくらとしたおばあさんの姿（すがた）に変（か）わった。

「ただいまあ。ジュリ？　どこにいるの？」

にゃああん。

ほっそりとした白猫（しろねこ）があらわれて、おばあさんの足元に、すりすりと体をこすりつけた。

えっ、ジュリそっくりな猫？　じゃなくて、どう見てもジュリなんだけど、まるで子猫みたいにかわいらしい。

おばあさんはしゃがみこんで、ジュリをだきあげた。

ジュリは、おばあさんの首（くび）すじに、ほっぺをすりすりしている。ごろごろと、のど声が聞こえてきそうだ。

これが、ジュリを置（お）き去（ざ）りにしたっていう、かいぬしさん

なの？

「ジュリ、今日はホットケーキを焼いてあげようね。おるすばんさせちゃったもんねえ」

それから、おばあさんは首をかしげた。

「おるすばん……？　なぜ、ジュリにおるすばんさせていたんだっけ？　わたし、どこにいってたのかしら。ああ、やだ、頭がぼうっとする。あ、そうか、またいつもの夢ね。わたしは、病院にいるんだわ」

ビョーイン？　このおばあさんは、ビョーインから帰ってきたの？

おばあさんは、ジュリをだいて、ベンチにすわった。

かたむいていたベンチは、まっすぐになっている。

「いつもおなじ夢。日本のわたしの家にもどって、ジュリをだっこする夢ばっかり」

「オカーサン」

ジュリが人間（にんげん）のことばで話しかけると、おばあさんは「ひゃっ！」と声をあげた。

「ジュリがしゃべれるなんて……。そうか、夢だもんね」

「オカーサン、やっと帰ってきたんだね。わたし、まっていたんだよ、ずっと」

おばあさんは、うふふ、とわらった。

「ジュリと話せるなら、夢でもいいわ、ジュリにあやまれるんだもの。ああ、ジュリ、ごめんなさい！」

それからおばあさんは、ジュリにぽつぽつと語りかけた。

「ジュリがいたから、アキラとふたりで、なんとか生きてこれたのに。こんなに長いあいだ、ジュリをひとりにしてしまったなんて」

おばあさんは、息子のアキラさんと暮らしていた。でもアキラさんはオシゴトで、遠い寒い国に行ってしまった。

おばあさんは、アキラさんに会いにいった。ジュリは、友だちのうちにあずけられた。

「一週間で帰ってくるから、まっててね」といったのに、おばあさんは、もどることができなかった。

飛行機からおりたとたん、目の前が暗くなり、入院してしまったんだって。

「しゃべることも、うごくこともできなかった。ずっとベッドに眠ったまま。ジュリがまっている。日本に帰らなくちゃ。でも、それをアキラに伝えることもできない。わたしにできたのは、まぶたをすこし持ちあげることくらい」

そういっておばあさんは、はなをすすった。

「くやしくて、なさけなくて……。あれからいったい、何年たったことやら」

ジュリが、置き去りにされたって、そういうことか！

「ジュリはどうしていたの？　わたしをうらんでいたでしょ

うね」

ジュリは、にゃああ、とないた。

「あのね、すこしはうらんだよ。ううん、いっぱいうらんだかもしれない。なんでオカーサン、むかえにきてくれないのって」

ジュリは、オカーサンがもどっているかもしれないと思って、あずけられた家からぬけ出した。

何日(なんにち)も歩きつづけて、このうちに帰ってみたけれど、むかえてくれる人はいなかった。

「でもわたし、このうちが好(す)きだったから、どこにも行かなかったの。ここにいれば、いつか、オカーサンが帰ってくると思った」

あるとき、庭に入ってきたよその猫を、追いはらおうとして、けんかになり、ひどいけがをしてしまったんだって。

「このベンチにうずくまって、眠りつづけたよ。同じ夢ばかり見ていたの。オカーサンと、ここでひなたぼっこしている夢。でも、目をさますとひとりぼっち。体中いたくて、くるしくて」

大きな丸い月の夜だった。あんまりつらいから、もう空の国へ行くのかもしれないと思った。

オカーサンに会えないなら、それでもいいか……。

そんな思いで月を見あげていたら、遠くからオカーサンの声が聞こえてきた。

「ジュリ」とよびかける声だった。「ジュリ、ごめんね」「会いたい」「帰りたい」「うごけない」って。

オカーサンの声は、よわよわしくて、くるしそうだった。それで、ああ、オカーサンは病気（びょうき）なんだ、とわかった。

オカーサンはかならず帰ってくる。病気が治（なお）ったら帰ってくる。それまでまっていよう。

生きよう――。そう思いなおした。

「それからずっと、まってまって、まっていたの。月が生きる力をかしてくれた。夜になると、オカーサンの声が聞こえてくるの。『ジュリ』『ジュリ』って。だから、わたし、まっていられたの。この世にとどまることができたの」

そうして、ジュリは、猫又に変わっていったのか。

おばあさんは、ジュリにほおずりした。

「ジュリ……ありがとう。まってくれてよかった。夢でもいい、これからずっと、ここで暮らそうねえ」

ジュリはおばあさんの手からぬけ出して、ひらりと地面におり、みじかく告げた。

「だめ。これは夢じゃないんだよ」

「ジュリ、なにいってるの。夢じゃなかったら、なんだっていうの?」

「オカーサン、思い出して。オカーサンがいたところのこと」

おばあさんは首をふった。

「いやだよ、思い出したくない、病院のことなんか！　さあ、ジュリ、おうちに入って、ホットケーキを山ほど焼こうねえ」

おばあさんは、ジュリをだきあげようとした。

ジュリはあとずさりをして、しっぽをしゅっとふった。

そのとたん、するするっと、けしきが変わった。

花が消え、小さな木はもじゃもじゃになり、まどにひびの入った、さびしい家にもどってしまった。

ベンチがカタンとかたむいた。

おばあさんは目を見はった。

「ジュリ！　これはどういうこと？」

「オカーサン、これがほんとうの
すがたなんだよ。さっきまでの
おうちは、わたしが昔（むかし）を思い出して、オカーサンに見せていただけ」

「これがほんとうの庭、ほんとうの家だっていうの？

夢じゃないなら、なぜ、わたしはこんなところにいるの？」

「オカーサン――」

ジュリは、「みああ」と悲しそうな声でないた。

おばあさんは、「あっ」と小さくひめいをあげて顔をおおった。

「わたし、死んだのね」

ジュリが顔をふせて、また「みああ」とないた。

しっぽが、はらりとゆれ、二本にわかれた。

「オカーサン、さあ出かけましょう。ここにいちゃいけない」

「行くって、どこへ？　あの世とやらへ？」

「そう――そこに行くしかないよ」

「いやだよ、そんなところ、まっぴら。せっかく帰ってきたっていうのに。わたしはどこへも行かないよ」

おばあさんは、両手(りょうて)をにぎりしめた。

「オカーサン！　だめ！　もう行かないと。さあ、空を見あげて」

「いやよ、おことわり。ジュリ、いっしょにここにいよう」

おばあさんは、ジュリに手をさしのべた。

ジュリはするりとのがれた。

「オカーサンが帰ってくることを信(しん)じていた。でも、だんだんわかってきたの。オカーサンは、生きた体ではここに帰ってこないって。『ジュリ』ってよぶ声が、だんだんかぼそく、小さくなっていくんだもの」

悲しかった。つらかった。でも、自分にはやれることがあるって、気がついた。

「それはね、オカーサンを、ちゃんと空へ、送り出してあげること」

おばあさんはけわしい顔になった。

「行かないよ！　ここでジュリといっしょにいる。あの世なんて、ぜったいいや」

あれっ？　おばあさんの足元に、灰色のもやが、立ちこめている。

ジュリがひめいをあげた。

「あーっ、だめ！　今すぐ出かけないと。オカーサンが迷(まよ)い魂(たましい)に……」

迷いタマシイ！　ぼくはぶるるっとふるえた。

「ジュリのいじわる。わたしはどこへも行かないよ」

おばあさんが、ジュリをにらんだ。

灰色(はいいろ)のもやが、どんどん、おばあさんの体をおおっていく。

ジュリは、くるりとおばあさんに背(せ)をむけた。

「わかった。それならいいよ。オカーサン、わたしは行くね」

ジュリのしっぽが、くるんくるんとまわりはじめた。

風がひゅうっとそよぎ、ジュリの体が、ほわっと庭(にわ)から浮(う)

きあがった。

「ええっ、ジュリって、飛(と)べるの？」

ジュリは、おばあさんの頭の上まで昇(のぼ)った。

「オカーサン、さよなら。わたしは先に行くからね」

「ちょっと、ちょっとまってよ、ジュリ！」

おばあさんが、のびあがって手をのばす。すると、おばあさんの足が、地面(じめん)からはなれ、ふっと浮(う)きあがった。

「あれっ？　わたし、浮いてる？」

「そうだよ、気持(きも)ちいいでしょ」

ジュリが、くいっくいっと前足をうごかした。するんするんと、おばあさんが高く昇る。

「まああまあ、わたし、飛んでる！」

おばあさんが、ほうっとわらった。おばあさんにからみついていた灰色のもやが、はらりとほどけて消えた。

「なんて気持ちいいの！」

ふたりは、屋根をこえていく。

「そうね、ジュリ、あんたといっしょなら、行ってもいい。それならさびしくないわ」

おばあさんは、自分のうちを、空から見おろしていった。

「この家で、ジュリのおかげでたのしかったよ」

「わたしも、たのしかった」

ジュリの声がかさなった。

「ジュリ、ありがとうね……ジュリ」

おばあさんの声は小さくなり、体は人間のかたちではなく、うす紫色の、大きな玉に変わっていた。その玉が、ぽわりとジュリを追いこしていく。

もう、おばあさんの声は聞こえない。

そのとき、ぼくは、はっと気がついた。ジュリもいっしょに行っちゃう？　空の国へ？

もう帰ってこないの？

行っちゃいやだ。

「きゅううう〜〜ん」という声が出そうになった。でも、ぼくはいっしょけんめい、口を閉じた。

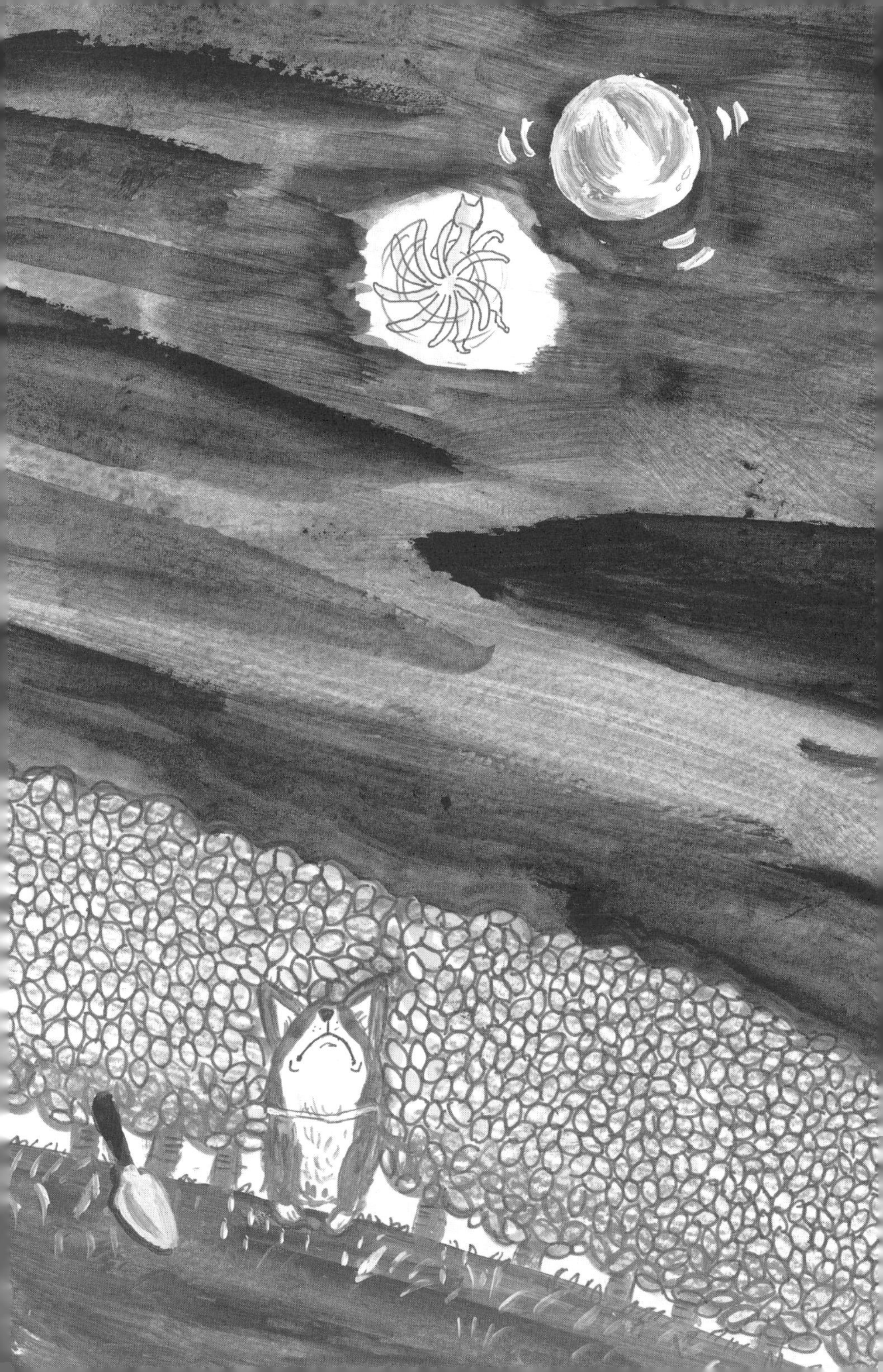

ジュリのじゃまをしちゃいけない。

ジュリは、ようやく、かいぬしさんと会えたのだから。

ぼくは、足ぶみしながらふたりの姿を見送った。

あれ？　ジュリのスピードが、おそくなってきた？

ジュリはがんばって、しっぽをまわしつづけている。けれども、ついに、空のとちゅうで止まってしまった。

おばあさんの玉は、そのまま空高く昇っていく。

がんばれ、ジュリ！　ぼくは、いつのまにか、自分のしっぽを、くるくるまわしていた。

ジュリの体がかたむいた。頭が下になる。

うわーっ、あぶない！　ジュリが落ちてくる。

たいへんたいへん。

そうだ、ぼくの背中で受け止めよう！

ぼくは庭をかけまわって、空を見あげて、またかけまわって、ジュリが落ちてきそうなところに、ねらいをつけて、ぺたんとねそべった。

けれども、ジュリはさすが猫。くるっと体をひねって、ちゃんと地面に着地した。

かけよると、ジュリはきちんとすわって、ほぅーっと空を見あげていた。

「オカーサンの魂……行けたんだ」

ゆがんだ白い月がぽうぽうと輝き、星もいくつか、ちかちかしている。
おばあさんの玉は、もうどこにも見えなかった。
ジュリの目から、しずかに涙がながれた。
「わたしもいっしょに行きたかったのに……行けなかった」
どうしてそんなことをしたのか、わからない。
気がつくと、ぼくは、ジュリの背中を、ゆっくりとなめていた。
赤ちゃんのとき、おかあさんにしてもらったように。
ジュリはなにもいわずに、涙をながしつづけた。
ジュリ。ジュリが空の国に行けなくて、ぼくも悲しい。
けどね、けどね、ジュリがここにいてくれて、ぼく、すごくうれしいんだ――。

しばらくして、ジュリは、ふるるっと体をふって、立ちあがった。

「でも、オカーサンに会えた。最後にだっこしてもらえた。オカーサーン……！」

ジュリの大きな目に、月が映っている。

「オカーサンは行けた……よかった。そう、これでいいんだ。もうオカーサンを、またなくてもいいんだ」

ジュリが大きくうなずいた。

「うん、よくやった、わたし……！」

それから急に、こっちをむいた。

「チャル、あんた、ずっと見ていたね！

だめじゃないか。子どもは帰ってねる！」

え〜〜〜！　そんなあ。

ぼくは、ぷっとふくれながら、
のそのそ門をぬけた。

背中（せなか）に、こんな声が聞こえた。

「わたしには、まだ、
やることが
のこっているのかも
しれないな……」

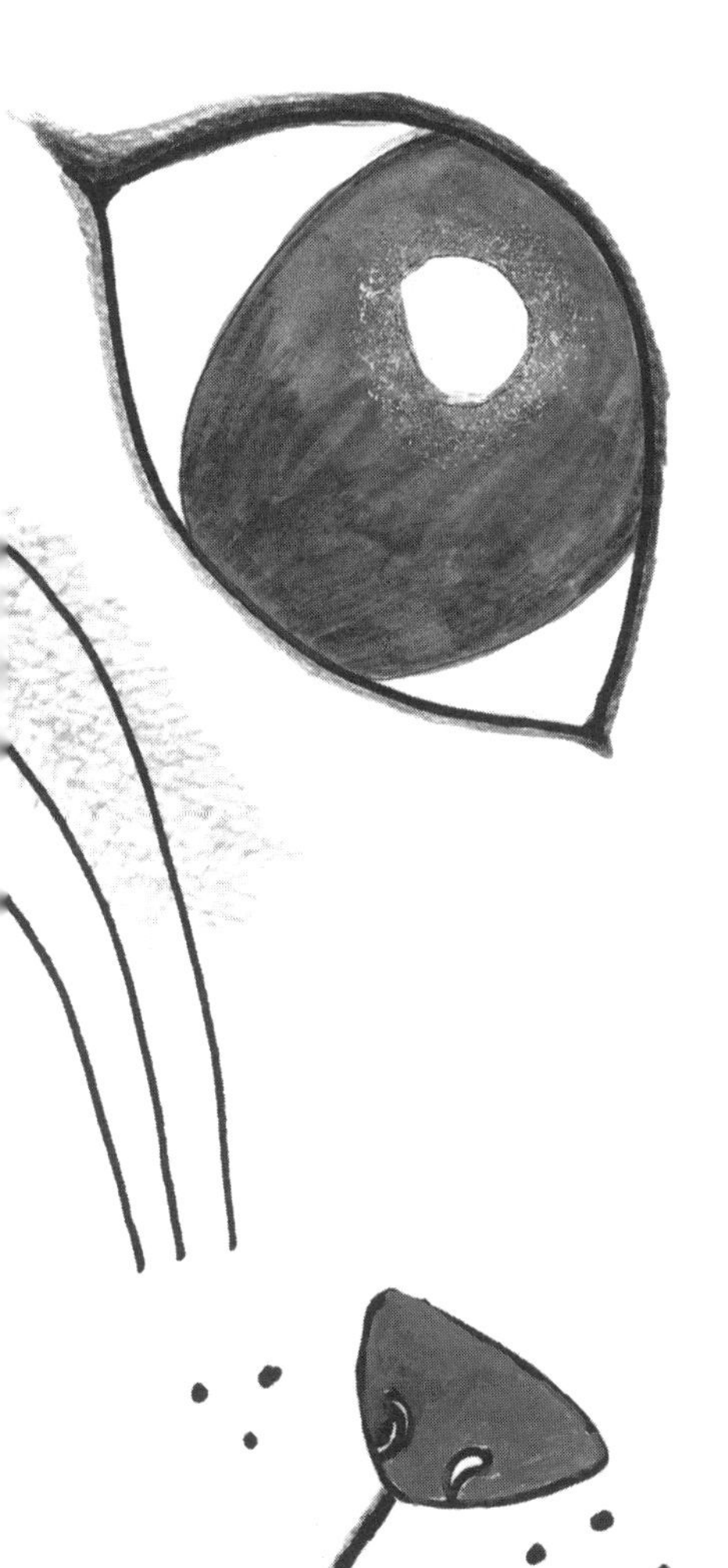

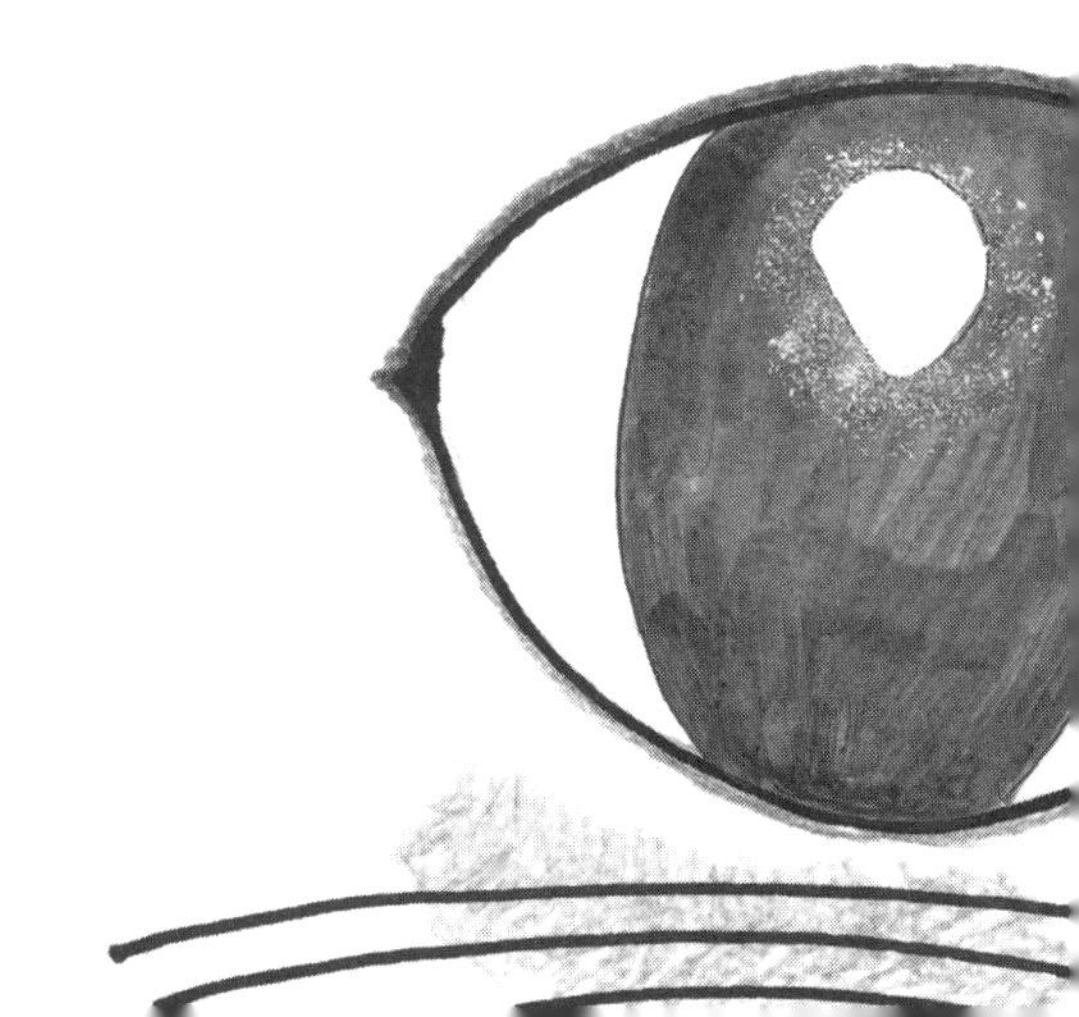

5　大きい葉(は)っぱの木の下で

毎日、すごく暑(あつ)い。これがナツってやつなんだな。ほんとうにすごいやつだ。

お日さまが、びしびし照(て)っているときは、ウッドデッキの下で昼(ひる)ねをする。

ジュリは、おばあさんを空の国に送(おく)りだした夜から、しばらく姿(すがた)を見せなかった。

あらわれたときは、いつものジュリだった。よかった。

暑い昼間(ひるま)、ジュリはたびたびやってきて、ウッドデッキの下ですずんでいく。

「ここが一番、風が通るんだよ」だってさ。

それなのに、「ああっ、犬ってうっとうしいねえ。はっは、はっは、暑くるしいったら！」なんて、いじわるをいうんだ。


風の強い日のことだ。

太陽が空から少しおりてきたころ、どどっと大きな風がふいた。


大きい葉っぱの木がゆれた。

丸いものが地面にボッタンと落ち、びしゃっとつぶれた。

外側は赤茶色で、内側はうすい赤。

あまいにおい、食べ物らしい。
わーい。あまいものは大好き。
さんぽしていて、道に落ちているお菓子の紙をなめて、しかられることもある。
その丸いものを、ぺろっとなめてみた。おいしい！
ぼくはそれを、かっぷりと飲みこんだ。
見まわすと、草のなかに、同じやつが三、四個、落ちていた。
それをみんな食べてしまった。
しばらくしたら口のなかが、チクチクイガイガしてきた。
のども、チクチクイガイガ。気持ちがわるくなってきた。
おなかがいたい、体に力が入らない。

胸(むね)のおくから、へんなかたまりが、せりあがってきて、おえっ。げほげほ。

のどから、食べたばかりのものが出てきた。

少し体がらくになった。でもまだ立ちあがる元気はなくて、木の下に、くったりとうずくまった。

はっと目をあけると、すぐそばに、灰茶色(はいちゃいろ)の顔があった。

どんよりした目がふたつ、ぼくをのぞきこんでいる。

これって死霊(しりょう)だ、人間(にんげん)の……！

ああ、こんなにぐあいがわるくなかったら、こわいものが近づいてくるのが、わかったのに。

あのいやーなにおい、鼻(はな)に、くさった玉ねぎを、おしつけられたようなにおいに、もっと早く気がついたのに。

じっとうごかず顔をかくして、見えないふりができたのに。

「おやあ、かわいいワンちゃん。わたしが見えるのだな。それでは、いいところにつれていってあげよう」

ぴるぴると、かぼそい声。

そいつはにっとわらい、手をのばしてきた。

ぼくはえり首をつかまれ、ずるっと持ちあげられた。

さっきまでのくるしさがいっぺんに消えて、体がふわっとらくになった。

下を見ると、うわっ、ぼくが地面でのびている！

そいつはぼくをつかんだまま、かきねの上まで飛びあがり、すたすた空中をあるきはじめた。

「いいところにつれていってあげよう、かわいいワンちゃん」

ぼくは、首(くび)をつかまれたまま、体をかたくした。

こ、こわい、こわいこわい。

「チャル――ッ」

ジュリの声だ。きてくれたんだ。

よその家のへいの上を、ダッシュしてやってくる。

「こらーっ、そこの死霊(しりょう)！　その犬をはなせ」

「これ？　あははは――っ、ならつかまえてみな！」

そいつはぼくをつかんだまま、ひゅっと浮(う)きあがった。

ジュリが、二本のしっぽをぐるぐるまわして、ジャンプする。

でも前足は、ぼくのしっぽにとどかない。

ジュリはバランスをくずして、地面に落ちていく。

ぼくと死霊は、空高く昇っていった。

ぼくのうちが見えた。ジュリの家、ハムスターのホッシーの家、ガイコツ犬サクラの家も見える。

高いビルが見える。遠くに青く山が見える。

いつのまにか、体中から力がぬけて、ただぼうぼうと、風になびいていた。頭がぼんやりしてくる。

ぼく、このまま空の国に行くのかなぁ。それでもいいかな。

空の国には、犬の門もあるんだよね。だれか出むかえてくれるのかなぁ……。

「チャル！」
ジュリの声。姿は見えない、でも、耳に響いてくる。
「チャル――――――！」
ジュリの声が、ぼくの胸にささった。
そうだ、帰らなくちゃ！
こんな死霊に、つれていかれてたまるか。
もどろう。もどるんだ。ママとパパのところに。
ジュリのところに。
ぼくの体に。
大きな風にぼくの体がなびく。その風にのって力いっぱい
首をねじり、死霊の手にかみついてやった。

ぎゃっとひめいが聞こえ、死霊の手がはなれた。
ぼくはくるくると落ちていった。
「この犬め――っ」
死霊が、ひゅうっと追いかけてくる。
ぼくは空中でむきをかえ、力いっぱいほえた。
ばうばうばう！　ばうばうばう！
こんなにほえたの、生まれてはじめてだ。
死霊があとずさる。
そのすきに、ぼくは空中をどんどんおりていった。
気がつくと、大きい葉っぱの木の下にいた。
目の前に、ジュリの金色の目。ああ、もどれたんだ……。

ばうばう　ばう！
ばうばう　ばう！

でも、息ぐるしくて気持ちわるくて、体が重くて、目を、ちゃんとあけていられない。

からからにかわいた鼻先に、ジュリの鼻先がふれた。

「やばい。チャル、水だ、水を飲んで！」

ジュリがさけぶ。水の入ったボウルは、ウッドデッキの下だ。だめだ、とてもそこまで行けない。

立ちあがることもできない。

ふっと、目の前が暗くなる。

ぴしゃっ！　ぼくの鼻先になにか飛んできた。

舌をのばしたら、水だった。

あ、おいしい。ちょっと目がさめた。

ぴしゃっ、ぴしゃぴしゃっ。

つぎつぎに水が飛んでくる。

それをぺろぺろなめているうちに、だんだん気分がはっきりしてきた。

顔をあげると、ジュリがウッドデッキの下にいて、しっぽをぼくのボウルの上で、びゅんとふりまわしていた。

そのたびに、ボウルの水が浮きあがって、ぼくのところに飛んでくる。

「ジュリ、だいじょうぶ、あるけるから」

よろよろ体を起こし、ウッドデッキにむかった。

ボウルの水を飲み干したら、ようやく目の前がくっきりし

チャル

てきた。

ジュリが目をほそめて、ふーっと息をついた。

「元気が出てきたね」

「うん。もうだいじょうぶ」

空は、きれいな赤い色に変わっている。

鼻先を、すずしい風がそよいでいく。

ほっとしたら、ものすごく眠くなってきた。

「チャル、お休み。しばらく見はっているから」

ぼくはことんと眠りについた。


つぎの日、ぼくはすっかり元気になっていた。

けれども、朝早くやってきたジュリにしかられた。

「なんだって、死霊に見つかっちゃったんだろうね」

ぼくは耳をちぢめて、大きい葉っぱの木から落ちた食べ物のせいで、気持ちがわるくなっていたことを、はくじょうした。

ジュリは、木の幹のにおいをふんふんかいで、ちょっと考えこんだ。

「ふーむ。この木はイチジクじゃないか？　聞いたことがあるよ。イチジクの実は、犬にとって毒だって」

えっ！

「落ちているものを食べたら、ダメじゃないか！」

ぼくは、しゅんとしっぽを丸めた。

「……いや、チャル、こんな木を、庭にはやしておく、かいぬしがわるい！」

「もう食べないよっ」

「あたりまえさ！」

ジュリは前足で顔をこすりながら、小さな声でいった。

「もうにどとごめんだよ、チャルがあぶない目にあうなんてさ。……よくもどってこれたね」

ぼくも小さな声でいった。

「心配かけてごめんなさい。たすけてくれてありがとう」

「死霊からのがれたのは、チャル、自分の力さ。わたしがたすけたわけじゃない」

ジュリは、にああと、目をほそめた。

「チビ犬も、いつのまにか、大きくなったもんだ」

えへ。

ぼくは、くるんとしっぽをふった。

くるくるくるっ
前足をぐっとふんばって、空にむかってつぶやいた。

「うん、よくやった、ぼく！」

ジュリがにやりとわらって、ぼくの頭にぽんと、猫パンチをくらわせた。

作者●金治直美（かなじなおみ）
埼玉県生まれ。『さらば、猫の手』（岩崎書店　第30回児童文芸新人賞）、『マタギに育てられたクマ』（佼成出版社　第55回青少年読書感想文全国コンクール課題図書）、『ミクロ家出の夜に』（国土社）、『子リスのカリンとキッコ』（佼成出版社）、『知里幸恵物語　アイヌの「物語」を命がけで伝えた人』（ＰＨＰ研究所）、『私が今日も、泳ぐ理由　パラスイマー　一ノ瀬メイ』（学研プラス）など。一般社団法人日本児童文芸家協会会員。

画家●はしもとえつよ（橋本悦代）
北九州市生まれ。第14回小学館おひさま絵本最優秀賞受賞。以来、新進気鋭のイラストレーターとして活躍している。主な絵の仕事に新井悦子作「あたたかいね」、もりなつこ作「おじいちゃんとカッパ石」、まはら三桃作『三島由宇　当選確実！』（講談社）、作・絵に「いもばたけのはたおさん」（「キンダーブック」フレーベル館）などがある。

となりの猫又（ねこまた）ジュリ

2017年11月25日　初版1刷発行
2018年 7 月30日　初版3刷発行

作　者　金治直美
画　家　はしもとえつよ
装　幀　山田　武
発行所　株式会社　国土社
〒102-0062　東京都千代田区神田駿河台2-5
☎03(6272)6125　FAX03(6272)6126
URL　http://www.kokudosha.co.jp
印　刷　モリモト印刷株式会社
製　本　株式会社難波製本

落丁本・乱丁本はいつでもおとりかえいたします。
NDC913/135p/22cm　ISBN978-4-337-33633-9